VENTE APRÈS DÉCÈS

DE

M. AUGUSTE BREYSSE

TABLEAUX

MODERNES

IMPRIMERIE DE L'ART

CATALOGUE

DES

TABLEAUX MODERNES

PAR

DAUBIGNY, ISABEY, JACQUE, VAN MARCKE, ROYBET
VOLLON, ZIEM, ETC.

AQUARELLES ET DESSIN

Dépendant de la succession de

M. AUGUSTE BREYSSE

ET DONT LA VENTE, PAR SUITE DE SON DÉCÈS,
AURA LIEU A PARIS

HOTEL DROUOT, SALLE N° 6

Le Samedi 4 Février 1893

A TROIS HEURES

Me PAUL CHEVALLIER

COMMISSAIRE-PRISEUR

10, rue de la Grange-Batelière, 10

EXPERTS

M. DURAND-RUEL | M. BERNHEIM JEUNE

16, rue Laffitte, 16 | 8, rue Laffitte, 8

EXPOSITION PUBLIQUE

Le Vendredi 3 Février 1893, de 1 heure 1/2 à 5 heures 1/2

CONDITIONS DE LA VENTE

Elle sera faite au comptant.

Les Acquéreurs payeront *cinq pour cent* en sus des enchères.

Paris. — Imprimerie de l'Art, E. Ménard et Cⁱᵉ, 41, rue de la Victoire.

DÉSIGNATION

TABLEAUX MODERNES

BLANT
(J. LE)

1 — *Les Chouans.*

Après une longue marche à travers les montagnes, un groupe de quatre Chouans s'est arrêté à l'ombre d'un bosquet.

L'un d'eux affile son sabre, tandis qu'un autre achève un modeste repas.

Signé à gauche : J. LE BLANT.

Bois. Haut., 53 cent.; larg., 77 cent.

DAUBIGNY

(C. F.)

Né à Paris, le 15 février 1817. — Décédé le 21 février 1878.

2 — *Environs d'Auvers ; effet de neige.*

Dans la plaine couverte de neige, en contre-bas d'un repli de terrain, se dressent les silhouettes de plusieurs pommiers.

Vers la gauche, une nuée de corbeaux s'est abattue sur le sol gelé, tandis que d'autres corbeaux sont perchés sur les cimes des arbres.

Ciel gris, éclairé au fond des rayons du couchant.

Œuvre importante, d'une facture vigoureuse et large.

Signé à droite et daté : DAUBIGNY, 1873.

Exposition Universelle, 1878.

Toile. Haut., 1 mètre; larg., 2 mètres.

DAUBIGNY

(C. F.)

3 — *Entrée de village.*

Bordée de murailles d'où émergent des arbres de haute futaie, la route qui mène au village est éclairée au fond par un rayon de soleil qui perce le ciel gris et fin.

A droite, le profil d'une masure au toit de chaume.

Œuvre d'une exécution magistrale.

A gauche, l'estampille de la vente Daubigny.

Toile. Haut., 94 cent.; larg., 65 cent.

DELACROIX

(Attribué à)

4 — *Composition allégorique.*

Toile. Haut., 90 cent.; larg., 1 m. 15 cent.

HENNER

(J. J.)

Né à Bornviller, le 5 mars 1829.

5 — *Madeleine.*

Le bas du corps enveloppé d'une draperie brune, une jeune femme, couchée sur le sol, se tient la tête dans les mains et semble être en proie au plus vif désespoir.

Signé à gauche : J. J. HENNER.

Peinture sur carton.

Haut., 20 cent.; larg., 26 cent.

ISABEY

(E.)

Né à Paris, le 22 juillet 1803. — Décédé en 1886.

6 — *Le Naufrage.*

Au plus fort de la tempête, une barque de pêche vient se briser contre les rochers qui bordent la côte, sur la droite du tableau.

Les marins, éperdus, attendent avec anxiété la corde de sauvetage que deux hommes, debout sur le rivage, vont leur jeter.

Quelques mouettes planent sur les vagues déferlant avec furie, et contre lesquelles luttent plusieurs vaisseaux qu'on aperçoit au fond, à gauche.

Signé à droite et daté : E. ISABEY, 76.

Toile. Haut., 60 cent.; larg., 90 cent.

JACQUE

(CH.)

Né à Paris, le 23 mai 1813.

7 — *Moutons à l'étable.*

Ils attendent le repas que leur prépare la fermière, occupée à remplir de foin les râteliers qui garnissent les murs de l'étable.

Une armoire est accrochée dans l'encoignure du mur, près d'une lanterne et quelques instruments aratoires.

Signé à gauche : CH. JACQUE.

Peinture à l'essence.

Haut., 36 cent.; larg., 50 cent.

JACQUE

(CH.)

8 — *Le Départ.*

Une bergère s'apprête à sortir son troupeau de
moutons, dont quelques-uns ont déjà quitté l'étable.
Une fillette tend les bras vers la bergère et semble
regretter le départ de sa mère.
Signé à droite : Ch. Jacque.

Bois. Haut., 46 cent.; larg., 38 cent.

JACQUE

(CH.)

9 — *L'Attente.*

Surveillé par la bergère qui se tient debout,
appuyée contre le mur, le troupeau de moutons
attend le moment de rentrer à l'étable.
A droite, un chien de berger est assis près du
mur, non loin d'une poule picorant une feuille de
chou.
Signé à gauche : Ch. Jacque.

Toile. Haut., 37 cent.; larg., 47 cent.

JACQUE

(CH.)

10 — *La Bergerie*.

Dans la bergerie, une paysanne secoue le foin qu'elle va distribuer aux nombreux moutons qui se pressent autour d'elle.

Au fond à gauche, d'autres moutons mangent au râtelier placé près d'un mur où est accrochée une houppelande bleu clair, près de la porte du grenier à foin.

Au premier plan, quelques poules picorent.

Signé à droite : CH. JACQUE.

Toile. Haut., 65 cent.; larg., 52 cent.

JACQUE

(CH.)

11 — *Truie et pourceaux*.

Couchée sur la paille de l'étable, une truie se vautre près de ses pourceaux.

Signé à gauche : CH. JACQUE.

Bois. Haut., 11 cent.; larg., 17 cent.

JACQUE

(CH.)

12 — *Sainte Geneviève*.

L'artiste nous représente la patronne de la ville
de Paris à l'époque où elle était encore bergère.

Elle conduit ses moutons dans la prairie bordée
d'arbres, tandis que le chien berger surveille le
troupeau.

Le cercle doré d'une auréole ceint déjà le front
de l'humble fille des champs, appelée à de hautes
destinées.

Signé à gauche et daté : CH. JACQUE, 91.

Toile. Haut., 65 cent.; larg., 54 cent.

JACQUE

(CH.)

13 — *Un Poulailler*.

Dans un coin d'étable, un coq et deux poules dont
l'une picore le grain contenu dans une mangeoire
posée sur le sol.

Au premier plan, la note vert clair d'une feuille
de chou.

Signé à droite : CH. JACQUE.

Toile. Haut., 37 cent.; larg., 46 cent.

LAURENS
(J. P.)

Né à Fourquevaux, le 28 mars 1838.

14 — *Le Cardinal Montalto*.

Revêtu de son costume d'apparat, coiffé du grand chapeau rouge, il se tient debout, appuyé sur un fauteuil, et regarde le spectateur.

Signé à droite : J. PAUL LAURENS.

Toile. Haut., 45 cent.; larg., 38 cent.

LINDER
(F.)

15 — *Le Printemps*.

Vue de profil, vêtue d'une robe rose et d'une jupe noire, une jeune femme se tient près d'une charmille et donne la pâtée à ses pigeons, dont un est venu se poser sur son épaule.

Signé à droite : F. LINDER.

Bois. Haut., 27 cent.; larg., 19 cent.

LINDER
(F.)

16 — *L'Automne*.

Debout, près d'un mur, une jeune femme élégante, en costume bleu et gris, détache un fruit d'une branche pendant au-dessus d'un mur.

Signé à droite : F. LINDER.

Bois. Haut., 27 cent.; larg., 19 cent.

MARCKE
(VAN)

Né à Sèvres, le 20 avril 1827. — Mort à Paris, en 1890.

17 — *Vache dans une prairie.*

Une vache à robe rousse, debout dans la prairie, est tournée de trois quarts vers le fond du paysage, où un clocher se silhouette en note claire sur le ciel bleu foncé.

Signé à gauche : E. van Marcke.

Bois. Haut., 28 cent.; larg., 25 cent.

MONTICELLI
(A.)
(1824 — 1886)

18 — *Fleurs.*

Un bouquet de fleurs, dans un vase de marbre noir à filets d'or, est posé sur une table recouverte d'un tapis de couleur claire.

Signé à gauche : Monticelli.

Bois. Haut., 68 cent.; larg., 47 cent.

OLIVE
(B.)

19 — *En rade.*

Un steamer, dont la coque peinte en rouge se détache en note claire sur le bleu de la mer, est amarré près des hangars occupant la droite du quai.

A gauche, au fond, les maisons du port.

Bois. Haut., 33 cent.; larg., 46 cent.

OLIVE

(B)

20 — *Vue d'un port de mer.*

A gauche, un grand navire est amarré au quai contournant au fond, vers la droite, un des grands bassins du port, sillonné par de nombreuses embarcations.

Ciel gris chargé de nuages.

Signé à droite : B. OLIVE.

Toile. Haut., 33 cent.; larg., 46 cent.

ROYBET

(F.)

Né à Uzès (Gard), le 20 avril 1840.

21 — *La Partie de cartes.*

Deux soldats, du temps de Louis XIII, sont attablés dans une auberge, et jouent aux cartes. Un de leurs compagnons, debout près d'eux, tient sa pipe de la main gauche et examine les cartes du joueur assis vers la droite.

Des piques sont appuyées au mur du fond, où sont accrochés un manteau et un chapeau de feutre à larges bords.

Signé et daté à droite : F. ROYBET, 91

Œuvre importante.

Bois. Haut., 55 cent.; larg., 45 cent.

VEYRASSAT

(J.)

Né à Paris, le 12 avril 1828.

22 — *Le Maréchal ferrant*.

A droite de la place du village, le maréchal ferre des chevaux de labour. D'autres chevaux et un mulet, rangés le long d'un mur, attendent leur tour d'être ferrés, et par la ruelle qui mène à l'entrée du village, on aperçoit deux chevaux conduits par un valet de ferme.

Signé à gauche : J. VEYRASSAT.

Toile. Haut., 42 cent.; larg., 52 cent.

VOILLEMOT

(A. C.)

Né à Paris, en 1823.

23 — *Jeune Fille*.

La tête légèrement inclinée vers la gauche, une jeune fille aux cheveux bruns regarde le spectateur. Elle retient, de la main droite, le collier de perles qu'elle porte au cou.

Signé dans le haut du tableau, à gauche : CH. VOILLEMOT.

Toile. Haut., 56 cent.; larg., 46 cent.

VOILLEMOT

(CH.)

24 — *Jeune Fille orientale.*

Faisant face au spectateur, elle retient, de la main droite, son collier de perles et son corsage dont l'échancrure laisse apercevoir la naissance des épaules.

Signé dans le haut du tableau, à gauche : CH. VOILLEMOT.

Toile. Haut., 56 cent.; larg., 46 cent.

VOLLON

(A.)

25 — *Nature morte ; cabillaud et merlan.*

Sur une table de cuisine, un cabillaud et quelques merlans sont posés près d'un pot de terre reflétant un rayon de lumière.

A droite, devant un chaudron de cuivre noirci par la fumée, un couteau de cuisine et quelques crevettes.

Signé à droite : A. VOLLON.

Œuvre puissante et large.

Bois. Haut., 64 cent.; larg., 80 cent.

VOLLON

(A.)

26 — *Le Panier de pommes.*

Il est posé sur une table près d'autres pommes dont quelques-unes sont encore attachées à leurs branches.

Vers la droite, un verre près d'une cruche en terre brune.

Fond brun, sur lequel les tons clairs des fruits se détachent harmonieusement.

Signé à droite : A. VOLLON.

Toile. Haut., 70 cent.; larg., 1 m. 2 cent.

VOLLON

(A.)

27 — *Nature morte ; fromage et tomates.*

Un fromage blanc, encore enveloppé de son panier, est posé près de quelques tomates.

A gauche, près d'un pot de terre à deux anses, des cerises, dont plusieurs détachent leur note rouge clair sur le blanc du fromage.

A droite, un carafon et trois œufs.

Fond brun.

Œuvre magistrale, de la meilleure manière de l'artiste.

Signé à droite : A. VOLLON.

Toile. Haut., 59 cent.; larg., 73 cent.

VOLLON
(A.)

28 — *Nature morte.*

A gauche, sur le rebord d'une table en partie recouverte d'un tapis vert, un saladier, rempli de pommes, est posé près d'une coupe de cristal.

A droite, un pot en grès, à couvercle d'étain, occupe le milieu de la table.

Chef-d'œuvre de coloration chaude et lumineuse.

Signé à droite : A. VOLLON.

Toile. Haut., 54 cent.; larg., 65 cent.

VUILLEFROY
(F. DE)

29 — *Le Matin.*

Dans la plaine, sous un ciel chargé de nuages annonçant la pluie, un bouvier, se dirigeant vers le spectateur, conduit son troupeau composé de bœufs et de vaches.

Signé à droite : VUILLEFROY.

Toile. Haut., 60 cent.; larg., 81 cent.

ZIEM
(F.)
Né à Beaune, en 1822.

30 — *Nature morte ; roses.*

Une touffe de roses blanches et rouges se détache harmonieusement sur le fond chaud et doré du tableau.

Signé à droite : ZIEM.

Bois. Haut., 50 cent.; larg., 49 cent.

ZIEM

(F.)

31 — *Le Grand Canal, à Venise.*

Au premier plan, à gauche, un groupe de personnages est assis sur la berge, près des gondoles amarrées au quai.

Une gondole traverse le canal et se dirige vers la berge opposée, où se profile une maison protégée par quelques pilotis.

A gauche, une rangée de palais et de maisons fuit vers l'horizon vaporeux.

Signé à droite : ZIEM.

Composition très belle et très importante.

Toile. Haut., 70 cent.; larg.: 1 m. 12 cent.

ZIEM

(F.)

32 — *Paysage.*

Une gondole, chargée de passagers vêtus de riches costumes, traverse un canal ombragé d'arbres, et qui s'enfonce vers la droite d'un paysage lumineux.

Ciel vaste, éclairé des teintes chaudes et harmonieuses du couchant.

Signé à gauche : ZIEM.

Toile. Haut., 54 cent.; larg., 90 cent.

ZIEM

(F.)

33 — *Vue de Venise.*

Au premier plan, le Grand Canal que traverse une gondole.

A gauche, une barque, à voile jaune, se dirige vers le quai.

Au fond, à droite, la tour Saint-Marc détache sa silhouette sur le ciel bleu et transparent.

Signé à droite : Ziem.

Toile. Haut., 52 cent.; larg., 72 cent.

ZIEM

(F.)

34 — *Constantinople.*

Vers la gauche, une barque vient s'échouer sur la rive du Bosphore. Sur l'autre bord, fuyant vers la droite, la silhouette des mosquées et des maisons de Constantinople s'estompe dans les vapeurs bleuâtres du crépuscule.

Signé à droite : Ziem.

Bois. Haut., 28 cent.; larg., 42 cent.

ZIEM

(F.)

35 — *La Rentrée au port.*

Un navire, toutes voiles dehors, se dirige vers le port dont on aperçoit vers la droite l'entrée protégée par un môle.

Une gondole, chargée de passagers aux riches costumes orientaux, se dirige vers la gauche du tableau, où des pilotis émergent de l'eau.

Au fond, sous le ciel bleu et clair, se silhouettent les maisons de Venise et le clocher de Saint-Marc.

Signé à droite : ZIEM.

Très belle œuvre du maître.

Toile. Haut., 70 cent.; larg., 1 m. 12 cent.

ZIEM

(F.)

36 — *Vue de Venise ; effet de nuit.*

La lune se lève et éclaire de ses pâles rayons le canal que traverse une gondole.

A gauche, la berge du Grand Canal où se dessinent les silhouettes de palais et de maisons.

Signé à gauche : ZIEM.

Bois. Haut., 38 cent.; larg., 48 cent;

AQUARELLES ET DESSIN

GAMBA

37 — *Le Masque.*

Surprise par un jeune homme coiffé d'un bonnet blanc rayé de bleu, une jeune Italienne consent à ôter son masque.

Au fond, plusieurs personnages masqués circulent devant un mur couvert d'affiches de théâtre.

Signé à gauche : GAMBA.

Aquarelle.

Haut., 59 cent.; larg., 43 cent.

GAMBA

38 — *Devant la Madone.*

Vue de profil, une jeune Italienne met des fleurs dans un vase posé sur la tablette d'une cheminée au-dessus de laquelle est accroché un tableau représentant une madone.

Signé à gauche : GAMBA.

Aquarelle.

Haut., 46 cent.; larg., 28 cent.

JACQUE
(CH.)

39 — *Cochons dans une étable.*

Vu de profil, un cochon fouille de son museau le sol de l'étable, tandis qu'un de ses congénères, vu de dos, boit à une auge.

Signé à droite : CH. JACQUE.

Dessin au crayon.

Haut., 22 cent.; larg., 29 cent.

www.ingramcontent.com/pod-product-compliance
Lightning Source LLC
LaVergne TN
LVHW011010180726
843502LV00007B/2440